Emanuel Hoffmann

Der Agricola des Tacitus

Antigonos

Emanuel Hoffmann

Der Agricola des Tacitus

Unveränderter Nachdruck der Originalausgabe von 1870.

1. Auflage 2024 | ISBN: 978-3-38613-669-3

Antigonos Verlag ist ein Imprint der Outlook Verlagsgesellschaft mbH.

Verlag: Outlook Verlag GmbH, Zeilweg 44, 60439 Frankfurt, Deutschland, info@outlook-verlag.de
Vertretungsberechtigt: E. Roepke, Zeilweg 44, 60439 Frankfurt, Deutschland
Druck: Libri Plureos GmbH, Friedensallee 273, 22763 Hamburg, Deutschland

DER

AGRICOLA DES TACITUS.

VON

EMANUEL HOFFMANN.

Unter den Historikern des Alterthums besitzt bekanntlich keiner die Kunst der psychologischen Charakteristik in so hohem Grade wie Tacitus; um so befremdender muss es erscheinen, wenn er uns in seinem 'Agricola' ein so allgemein gehaltenes Bild seines Schwiegervaters entwirft, dass es mehr eine farblose Abstraction, die Zeichnung eines 'grofsen Mannes unter schlechten Fürsten' (c. 42) überhaupt ist, die er uns bietet, als ein lebensvolles Portrait voll individueller Bestimmtheit. Der Versuch Walch's, das Verhältnis umzukehren und auf Grund des 'Agricola' als der Muster-Biographie eine neue Theorie von der 'Kunstform der antiken Biographie' aufzustellen, bewegt sich in Phrasen, denen längst niemand mehr Beachtung schenkt. Andererseits kann man nicht mit Woltmann [1]) die mangelhafte Individualisierung in der Zeichnung des Agricola auf Rechnung der Anfängerschaft des Tacitus setzen wollen; nichts in dieser Schrift, aufser das bescheidene Bekenntnis des Verfassers in Cap. 3, verräth, dass wir es mit einem ersten unsicheren Versuche zu thun haben, und wenn die Züge, mit denen Tacitus das Bild des Agricola entwirft, nur Umrisse ohne Schattirung sind, so bekunden dagegen die einschneidenden Auslassungen über Domitian bereits denselben herben, skeptischen, dem Schein mifstrauenden und nach den geheimen Beweggründen forschenden Geist, durch den sich Tacitus in seinen Historien und Annalen den Ruf eines ebenso scharfblickenden wie schonungslosen, 'die Seelen anatomierenden' Beurtheilers erworben hat.

Wenn man nun meint, dass Pietät ihn habe hindern müssen, in gleicher Weise den Charakter seines Schwiegervaters zu zergliedern, so gibt man damit einerseits zu, dass Agricola's Persönlichkeit eine solche Darstellung vielleicht nicht vertragen hätte, anderseits aber lässt man unerklärt, was den Biographen

---

[1]) Im Anhange zu seiner Uebersetzung des Tacitus, VI, S. 45.

4

abhalten konnte, mit Beiseitelegung des kritischen Seciermessers uns doch eine wirkliche Geschichte von Agricola's Leben zu geben, statt über den gröfseren Theil desselben mit einigen allgemeinen Worten hinwegzugleiten und nur den Jahren seiner Stattbalterschaft in Britannien eine ausführlichere Darstellung zu widmen.

Es frägt sich also, was Tacitus mit dieser so eigenthümlich gehaltenen Biographie seines Schwiegervaters bezweckte. Die Antwort, welche in neuester Zeit Hübner auf diese Frage gegeben hat [2]), dass die Vita Agricolae eine in buchmäfsiger Form abgefasste Leichenrede sei, kann kaum als die richtige betrachtet werden. Gern geben wir zu, wovon Hübner ausgeht, dass Tacitus, wenn er bei Agricola's Tode in Rom gewesen wäre, als nächstberechtigter und qualificierter Verwandter ihm würde die übliche Leichenrede gehalten haben; wir wollen selbst gegen die Möglichkeit nichts einwenden, dass Tacitus auf den Gedanken kommen konnte, eine solche Rede, da er sie nicht halten konnte, wenigstens schriftlich abzufassen: dass hingegen der 'Agricola' eben diese 'in buchmäfsiger Form abgefasste' *oratio funebris* sein könne, müssen wir aus mehr als einem Grunde in Abrede stellen. Zunächst ist nicht abzusehen, warum Tacitus mit der Veröffentlichung einer solchen geschriebenen Leichenrede bis nach Domitian's Ermordung gezögert hätte. Wollte er nur seiner Pietät gegen seinen verstorbenen Schwiegervater einen Ausdruck geben, so hätte er dies auch unter Domitian gekonnt; er hätte nur eben mit jener Mäfsigung und Klugheit vorgehen müssen, die er an Agricola bewundert wissen wollte und deren er sich ohnehin nach dem Vorbilde seines Schwiegervaters in seinem politischen Verhalten unter Domitian befleifsigt hatte; dagegen muss eine Schrift, die sich Tacitus noch im Jahre 97 oder 98 zu veröffentlichen bemüfsigt fand [3]), wol etwas anderes bezweckt haben, als ein Ersatz für die unterbliebene Leichenrede zu sein. Mit einer solchen Ansicht vom 'Agricola' verträgt sich aber auch das Proömium nicht. Hätte Tacitus nur nachträglich die gebührende Leichen- oder Gedächtnisrede liefern wollen, so wäre es wol das natürlichste gewesen,

<hr>

[2]) Emil Hübner 'Zu Tacitus Agricola', Hermes 1866, I. Bd., S. 438—448.

[3]) Wir werden auf die Frage über die Zeit der Abfassung des 'Agricola' noch unten zurückkommen.

eben dies im Proömium auszusprechen und die Verspätung zu rechtfertigen; statt dessen geriert sich dasselbe schlechthin als Einleitung zu der 'Erzählung des Lebens eines Verstorbenen', also als Einleitung zu einer Biographie, und erörtert nicht sowol die Pflicht, die einem Verwandten und Freunde obliege, das Andenken eines theuren Verstorbenen sei es in öffentlicher Rede, sei es nachträglich durch die Schrift zu ehren, als vielmehr die Schwierigkeiten, mit denen im Vergleich zu der früheren Zeit nun ein Schriftsteller zu kämpfen habe, der es unternehme, das Wirken eines bedeutenden Mannes zu schildern. Ja, zu Ende von Cap. 3 wird der 'Agricola' geradezu als Vorläufer eines gröfseren Werkes bezeichnet, das 'ein Denkmal sein solle der vergangenen Knechtschaft und ein Zeugnis des Glückes der Gegenwart'. Tacitus will also seinen 'Agricola', ob mit Recht oder Unrecht ist gleichgiltig, als eine historische Schrift betrachtet wissen und die in Cap. 3 erwähnte *professio pietatis* ist ihm nicht, wie Hübner will, Zweck der Schrift, sondern angesichts der in Cap. 1 angedeuteten Ungunst der Zeiten nur Rechtfertigung und Entschuldigung für sein Unternehmen, das Leben eines bedeutenden Mannes aus den Tagen der Knechtschaft Roms zu schildern.

Hübner will zu der Ansicht, dass der 'Agricola' zwar nicht eine förmliche *laudatio funebris*, wol aber aus der Redeform derselben hervorgegangen sei, durch die Form der Schrift selbst geführt worden sein. Die Disposition sei eben die bekannte der Rede: *prooemium, enarratio, epilogus*. Eine solche Gliederung aber in 'Eingang', 'Schluss' und eine dazwischen stehende 'Abhandlung' zeigt zuletzt wol jede organische, in irgend welcher Redeform sich bewegende Composition, und nicht die Gliederung selbst, sondern die Art, wie diese Glieder gearbeitet sind, kann mafsgebend sein, um einem Schriftwerk den Charakter einer Rede beizumessen. Dass das Proömium einen solchen Charakter nicht habe, brauchen wir nach dem eben bemerkten nicht weiter auszuführen. Hinsichtlich der *enarratio* gesteht Hübner, dass in diese 'freilich ein Stück eingeschoben sei, welches in der Form und Ausdehnung, in welcher es vorliege, in einer Leichenrede, auch in einer nicht wirklich gehaltenen, keinen schicklichen Platz finde: die Beschreibung von Britannien und die Erzählung von den früheren Expeditionen dorthin (Cap. 10—17)'. Hiezu kommt weiter noch die Einfügung der Ansprachen des Calgacus und des Agricola an ihre Heere (Cap. 30—34), die in ihrer directen Fassung eine wunderliche Einlage in einer Rede selbst bilden würden. Hübner sieht in dem Abschnitte über Britannien 'eine selbständige historische Studie, kein blofses rhetorisches Stück'; um so weniger fassen wir dann, welche Rechtfertigung seiner Ansicht von dem Wesen der 'Vita Agricolae' er sich verspricht, wenn er bemerkt (S. 442): 'Das rhetorische Kunstwerk wird durch diese Erweiterung über seine Sphäre hinaus und in die des historischen Kunstwerkes gehoben; wie denn auch der eigentliche Kern der Biographie, der Bericht über Agricola's britannische Verwaltung mit den eingelegten Reden des Calgacus und des Agricola nach Form und Umfang über die einer Rede gesteckten Grenzen hinausgeht.' Ob ein Kunstwerk einer neuen Gattung entstehen könne, wenn man in ein anderes Kunstwerk ungleichartige Bestandtheile einfügt, wollen wir auf sich beruhen lassen: auf jeden Fall aber gibt ein Schriftwerk den Charakter einer Rede auf, wenn das stoffliche Interesse überwiegt, wenn statt der oratorischen die didaktisch-wissenschaftliche Behandlung oder die rein historische Erzählung eintritt. So bliebe denn von den Theilen des 'Agricola' eben nur der Epilog übrig, der in seiner directen Anrede an Agricola noch eine Spur der beabsichtigten *oratio funebris* enthalten könnte: allein eine emphatische Apostrophe am Schlusse einer Schrift kann diese noch nicht zu einer Rede machen. Einen eclatanten Beleg hiefür bietet das Geschichtswerk des Velleius Paterculus, das, abgesehen von seiner ganzen rhetorischen Haltung, in seinen letzten Capiteln sich zu einem Panegyricus auf Tiber gestaltet und endlich gleich einer wirklichen Rede mit der feierlichen Anrufung des Jupiter Capitolinus, des Mars Gradivus, der Vesta und der übrigen Schutzgötter Roms, den Fürsten und den Staat in ihre Obhut zu nehmen, abschliefst.

So kann denn auch das letzte Argument, auf welches sich Hübner stützt (S. 446), der rhetorisch gefärbte Stil im 'Agricola', nicht als Beweis für die Richtigkeit seiner Ansicht von dem eigentlichen Wesen dieser Schrift gelten. Ohne Zweifel sind manche Partien in derselben mit mehr Rhetorik versetzt, als sich für die historische Darstellung ziemt: allein auch wenn man nach keinen tiefer liegenden Ursachen für diese rhetorische

Einkleidung suchen mag, so würde in den Studien des Tacitus, die bis zur Abfassung des 'Agricola' ausschliefslich der Redekunst zugewendet waren, es würde auch wol in der 'Pietät' des Verfassers, die den einfach erzählenden Ton vielleicht zu kühl befinden und darum lieber theils des pathetischen, theils des pointierten, antithesenreichen Ausdruckes sich bedienen mochte, schon eine hinlängliche Erklärung für den Stil im 'Agricola' liegen, ohne dass man genöthigt wäre, denselben aus dem besonderen literarischen Charakter dieser Schrift als einer 'in buchmäfsiger Form publicierten *laudatio funebris*' herzuleiten.

Wenn wir nun daran gehen, unsere eigene Meinung über den 'Agricola' zu entwickeln, so müssen wir zunächst bemerken, dass die bisher über diese Schrift aufgestellten Ansichten mehr darauf ausgiengen, das Besondere, welches dieselbe gegenüber den an eine Biographie zu stellenden Anforderungen zeigt, zu entschuldigen und zu rechtfertigen, statt durch eingehende Erwägung des Inhaltes selbst, sowol was die Auswahl des biographischen Stoffes, wie die Art und den Ton der Behandlung betrifft, das Wesen dieser Schrift und die Absicht, die den Verfasser leitete, klar darzulegen. Bei einer solchen eingehenden Prüfung der Schrift lässt sich aber unseres Erachtens kaum verkennen, dass sie in der Form einer Biographie wesentlich eine Apologie des Agricola, eine Ehrenrettung desselben bezweckt.

Wir könnten diese Ansicht, die ohne Zweifel manchen ketzerisch dünken wird, gleich durch Heranziehung jener viel besprochenen und mit so wenig Fug verdächtigten Stelle des Proömiums stützen, wo Tacitus für sein Beginnen um Entschuldigung bittet, — doch wir wollen nicht vorgreifen und lieber, der Darstellung von Agricola's Leben folgend, mit unbefangenem Urtheile prüfen, zu welchen Schlüssen dieselbe dränge.

Das erste Capitel (c. 4) berichtet über die Abkunft und die Erziehung des Agricola. Wir erfahren, dass er sich als Jüngling mit mehr Eifer, als einem Römer und Senator wohl anstehe, auf das Studium der Philosophie geworfen habe, bis die Mahnung seiner einsichtsvollen Mutter diesem Eifer Einhalt that. Sein erhabener Sinn habe zuerst mit Ungestüm ein hohes Ruhmgebilde verfolgt, bis er durch Alter und Einsicht ruhiger geworden und ihm aus seiner einstigen Beschäftigung mit der Philosophie als Gewinn das Mafshalten übrig geblieben sei.

Diese Mäfsigung und das Verzichten auf die Ideale des Philosophen muss aber dem jungen Mann schon ziemlich früh und ohne äufseren Kampf gekommen sein; denn kaum hat er nach Eintritt in das kriegspflichtige Alter sich im Gefolge des Suetonius Paulinus nach Britannien begeben, so erweist er sich auch schon als ganz derselbe vorsichtige, den Umständen Rechnung tragende und auf persönliche Anerkennung im Interesse seiner Sicherheit verzichtende Mann wie in seiner ganzen späteren staatsmännischen und militärischen Carrière. Der Bericht aber über diesen Anfang der militärischen Laufbahn Agricola's (c. 5) ist ein rhetorisches Kunststück; nicht ein einziges positives Factum erfährt der Leser: in rhetorischen Antithesen wird Agricola's Verhalten beim Heere ausgeführt[4]), und eine in Hyperbeln sich bewegende Charakteristik der gefährlichen Lage des Heeres in Britannien[5]) und der schlüfslichen, nur dem Heerführer Ruhm bringenden Wiedereroberung der Provinz soll dem Leser stillschweigend die Ansicht beibringen, als ob von diesem Erfolge ein guter Theil auf Rechnung des Agricola zu setzen gewesen sei[6]). Von einer That desselben verlautet nichts, wol aber

---

[4]) '— *noscere provinciam, nosci exercitui, discere a peritis, sequi optimos, nihil adpetere in iactationem, nihil ob formidinem recusare, simulque et anxius et intentus agere.*'

[5]) '*non sane alias exercitatior magisque in ambiguo Britannia fuit: trucidati veterani, incensae coloniae, intercepti exercitus.*' Aus der Vergleichung des Berichtes An. XIV, 29 ff. ergibt sich, dass allerdings die Veteranen zu Camulodunum niedergemacht wurden, dagegen beschränken sich die '*incensae coloniae*' auf eben dieses Camulodunum, da Londinium '*cognomento coloniae non insigne*' (XIV, 33) und Verulamium nur *municipium* war. Die '*intercepti exercitus*' reducieren sich auf die Niederlage der Legion, mit welcher Petilius Cerialis zum Entsatze von Camulodunum herbeigeeilt war.

[6]) Man beachte das Kunststück in dem doch wol absichtlich gegen die Logik verstofsenden Satze: *quae cuncta etsi consilio ductuque alterius agebantur, ac summa rerum et recuperatae provinciae gloria in ducem cessit, artem et usum et stimulos addidere iuveni, intravitque animum militaris gloriae cupido* e. q. s. Der Satz mit dem concessiven *etsi* verleitet den Leser, in Gedanken eine Adversation zu anticipieren, durch die gegenüber dem wirklichen oder

heifst es weiter, dass ihn die Begierde nach kriegerischem Ruhme erfasst habe, und um dies wenigstens zu der Höhe eines positiven Verdienstes hinaufschrauben zu können, unterlässt es der Verfasser nicht, sogleich auf die Gefahr solcher Ruhmbegier in einer Zeit aufmerksam zu machen, die sich in gehässiger Deutung hervorragender Persönlichkeiten gefalle und wo 'Ruf nicht weniger Gefahr bringe als Verruf'.

Das folgende nicht eben umfangreiche Capitel (c. 6) berichtet von Agricola's Heirat und seinen häuslichen Verhältnissen, von seiner Verwaltung der Quästur, des Tribunates und der Prätur, befasst also einen nicht unbeträchtlichen Zeitraum aus Agricola's Leben (von Anfang des Jahres 62 bis Ende 68), der, da es sich ja um eine der hervorragendsten Persönlichkeiten handelt, dem Biographen einen überreichen Stoff hätte bieten müssen: und was erfahren wir in den wenigen auf Agricola's Amtscarrière bezüglichen Sätzen? Ueber die unter dem Proconsul Salvius Titianus in Asien verwaltete Quästur erhalten wir die weitschweifige Versicherung, dass er sich weder durch den Reichthum der Provinz, noch durch die zur Nachsicht geneigte Habgier des Vorgesetzten habe verführen lassen. Wir wollen an diesem Lobe nicht mäkeln, dagegen scheint es uns ein zweifelhaftes Verdienst zu sein, wenn Agricola, wie Tacitus weiter berichtet, sowol das Jahr zwischen Quästur und Tribunat, wie auch das in letzterem Amte zugebrachte Jahr still und thatlos (*quiete et otio*) verlebte. Und doch fiel in das Jahr seines Tribunates (65) die Anklage und Verurtheilung des edlen Paetus Thrasea, und während Agricola's College, der junge Tribun Arulenus Rusticus, nur durch die Mahnung des Thrasea zurückgehalten wurde, gegen den Senatsbeschluss zu intercedieren [7]), erfahren wir von Agricola nicht, dass ihm eine solche

---

nominellen Verdienste des Oberfeldherrn dem jungen Agricola sein Antheil an dem glücklichen Erfolge gewahrt würde: statt dessen folgt die Versicherung, dass Agricola sich Erfahrung erworben habe und von der Begierde nach kriegerischem Ruhme erfasst worden sei!

[7]) Tac. An. XVI, 26. Das '*cupidine laudis*' in dieser Stelle verkleinert wol nicht ohne Absicht die edle Intention des Rusticus, und die Motivierung, weshalb ihn Thrasea von der Intercession abgemahnt habe, '*ne vana et reo non profutura, intercessori exitiosa inciperet; sibi actam aetatem et tot per annos continuum vitae ordinem non deserendum: illi initium magistratuum et integra quae*

edle Regung gekommen wäre. Ebenso wenig trat Agricola als Anwalt auf, woran ihn sein Amt nicht gehindert hätte, noch scheint er sich irgendwie um die ungefährlichen administrativen Geschäfte, welche in der Kaiserzeit mit dem Tribunate verbunden waren, gekümmert zu haben [8]): und als Beschönigung für diese Unthätigkeit bemerkt Tacitus, Agricola habe die Zeiten unter Nero gekannt, in denen Nichtsthun Klugheit war. Und an dieser Klugheit, die ihm im Jahre 68 die Prätur eintrug, hielt er auch während der Verwaltung dieser Magistratur fest: wie die früheren Aemter, so gieng auch die Prätur 'in gleicher Haltung und Stille' vorüber, nur dass diesmal Tacitus für die Unthätigkeit des Agricola auch eine objective Entschuldigung vorbringen kann, den Umstand, dass demselben keine Jurisdiction zugefallen war. So beschränkte sich denn die Thätigkeit des Prätors Agricola auf die Leitung der ihm obliegenden Spiele, wobei er 'die Mitte zu halten wusste zwischen dem eben Geziemenden und dem Ueberflüssigen (*medio rationis atque abundantiae*)'. Aber in die Zeit von Agricola's Prätur fiel der Sturz Nero's, die Erhebung Galba's zum Kaiser: warum deutet Tacitus mit keinem Worte an, wie der kluge Agricola sich gegenüber der von den gallischen und spanischen Legionen ausgegangenen Empörung verhält? Fesselt ihn Dankbarkeit an die Sache Nero's, dem er seine ganze Carrière verdankte, oder wusste er bei Zeiten seinen Uebertritt in das Lager des siegreichen Galba zu bewerkstelligen? Ohne Zweifel that er das Letztere, da ihn sonst wol das Schicksal des ohne Richterspruch hingemordeten Cingonius Varro und des Petronius Turpilianus [9]) getroffen hätte; ja es dürften wol auch besondere Verdienste gewesen sein, die sich Agricola um den neuen Herrn von Rom zu erwerben gewusst hatte, wenn dieser ihm die ziemlich gehässige Function übertrug, die Weihgeschenke der heiligen Stätten zu ermitteln und natürlich auch wieder zu Stande zu bringen, die unter Nero widerrechtlich in Privatbesitz übergegangen waren. Hier endlich tritt Agricola aus

---

supersint; multum ante secum expenderet quod tali in tempore capessendae rei publicae iter ingrederetur', scheint nicht ohne Beziehung auf Agricola formuliert zu sein.

[8]) S. Urlichs, Commentatio de vita et honoribus Agricolae (Wirceburgi 1868), p. 13 f.

[9]) Tac. Hist. I, 6.

seiner Unthätigkeit heraus und bringt es durch seine eifrigsten Nachforschungen dahin, dass, wie Tacitus sich geschraubt ausdrückt, 'der Staat keinen anderen Tempelraub mehr als den von Nero zu empfinden hatte'. Da aber eben Nero die Tempel hatte plündern lassen, um das zum Wiederaufbau der Stadt nöthige Geld aufzutreiben [10], so konnte das von Agricola geleitete Restitutionsverfahren wol nur gegen Personen gerichtet sein, denen Nero einen Theil seines Raubes hatte zukommen lassen; auf jeden Fall unterschied sich die Thätigkeit des Agricola nur wenig von jener aus dreifsig Rittern bestehenden Commission, welche von den durch Nero Bereicherten die Rückerstattung von neun Zehnteln der empfangenen Schenkungen zu betreiben hatte, ein Verfahren, das 'überall Zwangsverkauf und Güterzertrümmerung zur Folge hatte und die Stadt in Unruhe durch die Gerichtsverhandlungen versetzte' [11].

Ueber Agricola's Verhalten bei Galba's Sturz schweigt Tacitus; wir erfahren nicht, ob er, den eben noch Galba ausgezeichnet hatte, bei der beginnenden Meuterei mannhaft, gleich dem designierten Consul Marius Celsus [12], zu dem vom Glücke verlassenen Fürsten gestanden, oder ob er, gleich den übrigen Senatoren, in schmachvollem Wettlaufe in das Lager des Otho geeilt sei, um die Hand des Siegers zu küssen [13], und ob er dann am Abende des blutigen Tages, an welchem Galba und Piso mit ihren Freunden von den Soldaten Otho's niedergemetzelt worden waren, in der Curie an dem Beschlusse sich betheiligt habe, durch welchen der servile Senat dem eben noch verhöhnten Otho den Augustus-Titel und die Fürstenwürde zuerkannte [14].

Jedenfalls wusste sich Agricola mit seiner viel belobten Klugheit abermals in die Verhältnisse zu schicken, und er würde wol ohne Scrupel dem neuen Herrn seine Dienste angeboten haben, wenn Otho's Stern nicht von Anfang an durch die Kunde von dem Aufstande des germanischen Heeres unter Vitellius und durch die zweifelhafte Haltung Vespasian's im

---

[10] Tac. An. XV, 45. Suet. Nero 32.
[11] Hist. I, 20.
[12] Hist. I, 45. 71.
[13] Hist. I, 45.
[14] Hist. I, 47.

Osten wäre verdüstert worden [15]). Da traf, wie in Cap. 7 berichtet wird, den Agricola die Kunde von der Ermordung seiner Mutter durch das die Küste von Ligurien plündernde Schiffsvolk des Otho, und so traurig auch der Anlass sein mochte, so erwünscht mag es ihm doch gewesen sein, sich mit gutem Vorwande aus Rom entfernen und in der Verborgenheit Liguriens die Entscheidung des Kampfes zwischen Otho und Vitellius und die Entwicklung der Dinge im Orient abwarten zu können. Tacitus berichtet nun weiter, dass Agricola auf die Kunde, dass Vespasian nach der Herrschaft strebe, sich sogleich für diesen entschieden habe; in Wahrheit aber dürfte dies erst geschehen sein, als nach der Niederlage der Vitellianer bei Cremona der Procurator des narbonensischen Galliens Valerius Paulinus den Hafen von Forum Julii besetzt und die umliegenden Gemeinwesen, und darunter wol auch Intemelium, die Heimat und den damaligen Aufenthaltsort des Agricola, für Vespasian in Eid genommen hatte. Da erst, im October 69 [16]), erklärte sich 'sogleich' auch Agricola für die bereits allenthalben siegreiche Partei des neuen Prätendenten. Antonius Primus hatte Rom für Vespasian erobert (22. December), Mucianus führte in Abwesenheit des Kaisers das Regiment in der Stadt: da endlich muss auch Agricola in Rom eingetroffen sein und seine Dienste angeboten haben. Sie wurden angenommen; Agricola wurde von Mucianus mit der Leitung der Aushebungen zur Ergänzung der Legionen betraut [17]), und da er sich bei diesem Auftrage 'gewissenhaft und tüchtig' erwiesen hatte, sandte ihn Mucianus nach Britannien, um das Commando der XX. Legion zu übernehmen. Aehnlich nun wie in Cap. 5 die Schilderung der gefahrvollen Lage des Heeres in Britannien mittelbar dazu dienen musste, dem Leser eine möglichst hohe Vorstellung von dem ersten Auftreten des Agricola beim Heere beizubringen, so wird jetzt in verhältnismäſsig breiter Ausführung die Verfassung, in welcher sich damals die XX. Legion befunden habe, als eine überaus schwierige und für den Legaten gefährliche geschildert. Nur zögernd sei die Legion zum Fahneneide geschritten, 'übergewaltig und furchtbar auch für

---

[15]) Hist. I, 50.

[16]) S. Urlichs, a. a. O. S. 16.

[17]) Ueber diese Aushebungen s. Urlichs, S. 16 f.

Consular-Legaten, während der prätorische Legat unvermögend gewesen sei sie zu bändigen, man wisse nicht, ob durch seine oder der Soldaten Schuld'. Der letztere Zweifel hätte nun zwar gegenüber dem, was Tacitus eben von dem in der Legion angeblich herrschenden Geiste bemerkte, kaum noch eine Berechtigung, aber wenn man damit die Erzählung in den 'Historien' (I, 60) zusammenhält, wonach gerade der Vorgänger des Agricola im Commando dieser Legion, Roscius Caelius, sowol die Meuterei gegen den Consular-Legaten Trebellius Maximus angestiftet und nach Vertreibung desselben gemeinschaftlich mit den anderen Legions-Legaten die Verwaltung der Provinz an sich genommen hatte, 'an Recht ihnen gleich stehend, durch seine Keckheit aber mächtiger', dann ist wol klar, dass nicht sowol der in der XX. Legion herrschende Geist, als vielmehr der ihres Commandanten 'hochfahrend und furchtbar' war. Mit der Uebernahme der Provinz durch Vettius Bolanus und der Entfernung des Caelius konnte es nicht eben schwer sein, die gelockerte Disciplin wieder herzustellen; daher erweisen sich die weiteren Worte des Tacitus, dass Agricola 'so zum Nachfolger und Richter zugleich bestimmt', die seltenste Bescheidenheit bewiesen habe, indem er 'lieber die Soldaten gut vorgefunden, als gut gemacht zu haben scheinen wollte', als eine rhetorische Phrase, berechnet, dem Agricola wieder ein Verdienst zu vindicieren, wo ein solches kaum gefunden werden kann.

Für die Art, wie Agricola mit wunderbarer Gefügigkeit und bedenklicher Selbstverleugnung sich in Zeiten und Menschen zu schicken wusste, gibt das, was Tacitus nun in Cap. 8 von dem Verhalten desselben als Legat in Britannien berichtet, einen sprechenden Beweis. Unter dem Statthalter Vettius Bolanus, der, 'milder als es sich für eine unbändige Provinz ziemte', die Verwaltung führte, zähmt Agricola seinen Feuereifer (*vim ardoremque*), um nicht den Statthalter zu überragen, 'denn er verstand es, sich unterzuordnen und das Zuträgliche mit dem Geziemenden zu vereinen'; als aber Petilius Cerialis die Verwaltung übernahm, da 'hatte jede Tüchtigkeit freien Spielraum sich zu bethätigen', und obwol Agricola 'anfangs nur an den Gefahren, später auch an dem Ruhme Antheil hatte, so blieb er doch, indem er sich nie überhob und den glücklichen Erfolg nur dem Befehlshaber und Führer zuschrieb, dessen Werkzeug er nur gewesen sei, durch die bei dem Gehorchen bewiesene Tüchtigkeit und durch die Bescheidenheit, mit der er sich darüber aussprach, frei von Mifsgunst und doch nicht ohne Antheil am Ruhm'. Agricola fand es also für angemessen, unter dem schlaffen, unthätigen Vettius Bolanus auch seinerseits schlaff und unthätig zu sein, um ja nicht besser als sein Vorgesetzter zu erscheinen; unter dem kriegstüchtigen, unternehmenden Cerialis hätte er nun zwar seinem verhaltenen Thatendrange in vollem Mafse genügen können, aber wieder ist es die Furcht vor der Eifersucht seines Vorgesetzten, die ihn, wie Tacitus meint, auf den eigenen Ruhm bescheiden verzichten liefs, wol aber auch gehindert haben dürfte, sich allzu sehr hervorzuthun. Das sind Grundsätze, mit denen man freilich zu jeder Zeit Carrière machen kann, aber es sind nicht eben die Grundsätze eines Mannes von Charakter.

Cerialis war mit Vespasian verwandt [18]) und gehörte zu dessen treuesten und hervorragendsten Anhängern; wenn dieser dem Agricola die Empfehlung mit nach Rom gab, dass er ein brauchbarer und im übrigen durchaus ungefährlicher, weil unselbständiger Mann sei, so konnten die kaiserlichen Gnadenbezeugungen nicht ausbleiben. Agricola wurde von dem Kaiser unter die Patricier aufgenommen und zum Statthalter von Aquitanien ernannt (Cap. 9). Ob gerade die Verleihung dieser durchaus friedlichen Provinz eine so besondere Auszeichnung war, mit der sich zugleich die Anwartschaft auf das Consulat verbunden habe, wie Tacitus versichert, mag dahingestellt bleiben. Wir übergehen die rhetorische Schilderung von Agricola's Verhalten in Aquitanien, ebenso das Consulat desselben, von welchem Tacitus uns nur das eine berichtet, dass ihm während desselben Agricola seine Tochter verlobt habe. Nach dem Consulate wurde Agricola auf Grund kaiserlicher Empfehlung [19]) in das Collegium der Pontifices cooptiert und in der Eigenschaft eines kaiserlichen Legaten zum Statthalter von Britannien ernannt. 'Für diesen Posten sei er schon bei seiner Rückkehr aus Aquitanien von der öffentlichen Meinung bestimmt worden, — ohne sein Dazuthun, nur weil er als der geeignete Mann erschien.'

---

[18]) Hist. III, 59. Dio Cass. LXV. 18.

[19]) S. Urlichs, a. a. O. S. 25.

Nun folgt der Abschnitt in Agricola's Leben, wo der Lobredner desselben endlich sich auf dem Boden von Thatsachen bewegen kann und nicht mehr gezwungen ist, sich und dem Leser mit allerlei Kunstgriffen und Entschuldigungen und wortreichen Phrasen über thatenleere Jahre seines Helden hinwegzuhelfen. Und Tacitus hat diesen Stoff denn auch zur Genüge, ja im offenbaren Mifsverhältnis zu dem Umfange und zu der übrigen Haltung seiner Schrift verwerthet, indem er ihm fast zwei Drittheile derselben — d r e i f s i g Capitel — eingeräumt hat.

Eine geographisch - ethnographische und historische Einleitung (Capp. 10—17) bereitet auf das Auftreten Agricola's in Britannien vor. Mit Cap. 18 beginnt der Bericht über die Jahr um Jahr vom Agricola unternommenen Expeditionen. Kaum angelangt und obwol die Jahreszeit schon vorgerückt war und das Heer an keinen Kampf mehr im Laufe des Jahres dachte, marschierte er gegen die Ordoviker und nach deren Besiegung gegen die Insel Mona, deren Ergebung er erzwang. So hatte er sich bereits am Beginne seiner Amtsführung mit Ruhm bedeckt, und doch verzichtete er auf diesen, indem er nicht gesiegt, sondern Besiegte zum Gehorsam gezwungen haben wollte. Seinen Bericht an den Kaiser umhüllte er nicht mit dem Lorbeerzweige, wie er gedurft hätte, und indem er so seinen Ruhm zu verbergen suchte, vermehrte er ihn, indem man erwog, wie grofs die Erwartung von der Zukunft sein müsse, die ihn über solche Thaten schweigen lasse.

Cap. 19 rühmt in reichem Antithesen-Prunke seine Mäfsigung gegenüber seinen Untergebenen, seine Gewissenhaftigkeit in der Amtsführung, sein Wohlwollen gegen jeden Wackeren, seine Milde bei kleinen, seine Strenge bei gröfseren Vergehen, seine Versöhnlichkeit bei Reue, seine Einsicht bei Besetzung von Aemtern, seine Billigkeit und Uneigennützigkeit bei Erhebung von Steuern.

Aber Agricola ist nicht blofs ein thatkräftiger Feldherr und ein idealer Beamter, — dass er sich auch auf die höhere Staatsraison versteht, beweisen in Cap. 21 die Mittel, die er zur Festigung der römischen Herrschaft anzuwenden weifs und die einem Staatsmanne aus Macchiavelli's Schule Ehre machen würden. Gegen die rauhe Tapferkeit der britannischen Naturvölker rief er die überfeinerte Cultur und die Genüsse Roms zu Hilfe; die Behaglichkeit des städtischen Lebens, der Unter-

richt römischer Rhetoren, der Luxus der Bäder und der Tafel
sollten die rohe Kraft der Barbaren brechen: *idque apud im-
peritos humanitas vocabatur, cum pars servitutis esset*.

Agricola's Feldherrnthaten gipfeln in dem Siege, den er
im siebenten Jahre seiner Amtsführung am Berge Graupius über
das etwa 30.000 Mann zählende Heer der Britannier unter
Calgacus erfocht. Und der Schilderung dieser Waffenthat mit
den beiderseits vor der Schlacht gehaltenen Reden sind nicht
weniger als 10 Capitel (29—38) gewidmet. Agricola berich-
tete seinen Sieg nach Rom, und diesmal dürfte dem Schreiben
nicht der stolze Lorbeerkranz gefehlt haben, mit dem er im
ersten Jahre aus Bescheidenheit den Bericht über die Unter-
werfung der Insel Mona nicht hatte schmücken mögen. Domitian, der bereits seit drei Jahren die Regierung führte, vernahm
die Kunde, wie Tacitus schreibt, 'mit heiterer Stirn, aber mit
innerer Unruhe'. 'Er war sich bewusst, welcher Spott jüngst
seinen erlogenen Triumph über die Germanen getroffen habe,
während nun einen wirklichen und bedeutenden Sieg, bei dem
so viele tausend Feinde erschlagen worden, ungeheurer Ruhm
verherrliche; das gefährlichste für ihn sei, wenn sich der Name
eines Privatmannes über den des Fürsten erhebe. Vergebens
wäre das Streben nach Auszeichnung auf dem Forum und in
den Staatsgeschäften zum Schweigen gebracht worden, wenn
kriegerischen Ruhm ein anderer sich erwerben könnte. Alles
andere lasse sich leichter ignorieren, die Eigenschaft eines tüch-
tigen Feldherrn jedoch sei die eines Kaisers.' Gleichwol habe
Domitian es für gerathen gehalten, seinen Hass für den Augenblick noch ruhen zu lassen, bis der Eindruck von Agricola's
Ruhm und die Gunst des Heeres abgeschwächt wären: 'noch
stand ja Agricola an der Spitze von Britannien' (Cap. 39).
Indem er ihm daher die Triumphinsignien, sowie die Auszeichnung eines lorbeerbekränzten Standbildes und was sonst noch
statt des Triumphes gewährt werde, vom Senate in höchst ehrenvollen Ausdrücken habe bewilligen und dazu die Meinung ver-
breiten lassen, dass für Agricola die eben erledigte Provinz
Syrien bestimmt sei, habe er ihm einen Nachfolger geschickt.
Nach einem vielfach geglaubten Gerüchte sei sogar einer der
vertrauteren Freigelassenen mit dem Schreiben, in welchem dem
Agricola Syrien verliehen wurde, abgesendet worden mit der
Weisung, es dem Agricola, wenn er sich noch in Britannien

befinde, zu übergeben; der Freigelassene aber habe den Agricola bereits auf der Rückkehr im Canal getroffen und sei, ohne ihn gesprochen zu haben, zu Domitian zurückgekehrt. Ob dies 'wahr oder im Geiste des Fürsten gemacht und erdichtet' gewesen sei, will Tacitus nicht entscheiden: unverkennbar aber ist er bemüht, dem Leser die Meinung beizubringen, dass ein Mann von Agricola's Bedeutung für Domitian ein Gegenstand des Argwohns und des tödtlichen Hasses habe sein müssen, und dass eben nur die Bedeutung des Agricola, sein Ruhm, seine Beliebtheit beim Heere und die factisch in seiner Hand noch befindliche Macht den Fürsten gezwungen habe, sich für den Augenblick mit der Abberufung desselben aus der Provinz zu begnügen und diese selbst in die ehrenvollste Form einzukleiden, ja ihm höhere Ehren in Aussicht zu stellen, nur um ihn zum gutwilligen Fortgange aus Britannien zu bewegen. Eine unbefangene Betrachtung der eigentlichen Thatsachen dürfte aber wol zu anderen Schlüssen führen.

Thatsache ist nur einerseits, dass Agricola für seinen Sieg die höchsten Auszeichnungen, die in der Kaiserzeit überhaupt noch jemandem, der nicht zum Herrscherhause gehörte, zu Theil werden konnten, auf Antrag des Fürsten zuerkannt erhielt, andererseits dass ihm endlich nach mehr als siebenjährigem Commando in Britannien ein Nachfolger gegeben wurde: was dagegen Tacitus über die Gesinnung des Domitian gegen Agricola berichtet, ist im besten Falle doch eine blofse, auf den sonstigen Charakter desselben basierte Vermuthung; die Erzählung von der Absendung eines Vertrauten mit dem Ernennungsdecrete für Syrien, das Agricola aus Britannien weglocken sollte, ist ein blofses Gerücht, das der gewissenhafte Historiker um so weniger beachten durfte, als er aus Agricola's Munde ja wol eine Bestätigung desselben würde erhalten haben, falls dasselbe irgendwie begründet gewesen wäre [20]). Dass den Domitian wegen der Abberufung des Agricola nicht eben ein Vorwurf treffen könne, hat Urlichs schon bemerkt, indem er darauf hinweist, dass Agricola, der sieben Jahre lang in Britannien belassen wurde, zweimal so lang als die ausgezeichnetsten Männer jener Zeit die Provinzverwaltung geführt habe. Statt also in seiner endlichen Zurückberufung einen Beweis für den Hass zu

---

[20]) Das Gleiche urtheilt Urlichs, a. a. O. p. 31.

finden, den der Kaiser gegen ihn genährt haben müsse, werden wir umgekehrt aus der langen Dauer seiner Statthalterschaft den Schluss ziehen dürfen, dass er wo nicht zu den entschiedenen Günstlingen des Domitian, so doch zu den in keiner Weise missliebigen und verdächtigen Persönlichkeiten gehört haben muss. Eben dafür sprechen ja auch die Auszeichnungen, die auf Domitian's Antrag der Senat dem Agricola zuerkannte, da im anderen Falle der Kaiser wol Mittel und Wege genug gehabt hätte, um jede Auszeichnung des unbequemen Siegers zu hintertreiben und diesen selbst unschädlich zu machen. Wenn ferner Tacitus uns glauben machen will, dass Domitian aus Furcht vor der in Agricola's Hand befindlichen Macht denselben durch den Köder der syrischen Statthalterschaft aus der Provinz und vom Heere weg nach Rom gelockt habe, so mifst er seinem Schwiegervater eine Bedeutung bei, die mit dessen Verhalten nach Tacitus' eigener Darstellung wenig im Einklange steht. Wer wie Agricola in seiner Staatscarrière sich jedem neuen Regimente ohne Kampf und ohne Scrupel willig untergeordnet, im Interesse seiner Sicherheit oder — euphemistisch ausgedrückt — zu dem Zwecke, sich eine nützliche Thätigkeit nicht unmöglich zu machen (c. 42), nicht nur auf die Verfolgung politischer Ideale verzichtet, sondern in den Zeiten der Bewegung vom politischen Parteitreiben sich auf das sorgsamste fern gehalten und in seinen verschiedenen amtlichen Stellungen lieber Trägheit gezeigt hatte, als dass er sich durch Thätigkeit in den Ruf eines unruhigen und ehrgeizigen Kopfes hätte bringen mögen; wer endlich sieben Jahre unter den drei Flaviern als vollkommen unverdächtig an der Spitze einer Provinz belassen werden konnte: der musste billig so ungefährlich erscheinen, dass es sich bei seiner Abberufung nur um das Mafs der ihm für seine langen loyalen und erfolgreichen Dienste zu gewährenden Anerkennung, nicht aber um besondere Vorsichtsmafsregeln zur Niederhaltung etwaiger Empörungsgelüste handeln konnte.

Wenn übrigens Domitian dem Agricola nicht unmittelbar nach Niederlegung der Statthalterschaft von Britannien eine andere Provinz übertragen mochte, so konnte auch daraus dem Kaiser kein besonderer Vorwurf gemacht werden, da es seit den Zeiten des Augustus nach dem Rathe des Maecenas eine Maxime der kaiserlichen Politik war, niemandem nach einander mehrere wichtige Statthalterschaften zu verleihen [21]).

Agricola übergab also die Provinz seinem Nachfolger und kehrte nach Rom zurück. Seine Freunde hatten ihm einen feierlichen Empfang zugedacht; um dieser bedenklichen Ovation auszuweichen, betrat er Nachts die Stadt und verfügte sich unmittelbar nach seiner Ankunft in den Palast, um sich dem Kaiser vorzustellen. Domitian empfing ihn mit flüchtigem Kusse, knüpfte jedoch kein Gespräch mit ihm an, so dass sich Agricola unter die Menge der Dienstthuenden zurückziehen musste. Von da ab lebte Agricola in gröfster Zurückgezogenheit, Einfachheit und Anspruchslosigkeit, um so das Gefährliche seines kriegerischen Ruhmes zu mildern.

Das klingt nun freilich so, als ob Domitian nur auf eine Gelegenheit gelauert habe, um den ruhmgekrönten Sieger über Calgacus zu verderben; aber wenn wir gleich darauf in Cap. 41 lesen, dass Agricola in dieser Zeit zu wiederholten malen vor Domitian abwesend angeklagt und abwesend freigesprochen worden sei, wobei den Anlass zur Klage natürlich nur ʽdes Fürsten Hass gegen das Verdienst und den Ruhm des Agricola und die schlimmste Art der Feinde, die Lobredner' gegeben hatten, dann kann es mit dem Hasse des Domitian wol nicht so gefährlich gewesen sein, wie uns Tacitus glauben machen will. Erscheint sonach sein Bericht als tendenziös gefärbt, so spricht auch der Umstand nicht für die Unbefangenheit seiner Darstellung, dass er verschweigt, wie zu derselben Zeit, wo sein Schwiegervater Gegenstand des tödtlichen Hasses für Domitian gewesen sein soll, er selbst vom Kaiser durch die Verleihung der Prätur in dem durch die Säcularspiele besonders glanzvollen Jahre 88 ausgezeichnet wurde, eine Auszeichnung, die ihm doch ohne Zweifel mit Rücksicht auf seinen Schwiegervater zu Theil wurde. Da weiter mit gutem Grunde angenommen werden kann, dass Tacitus während der vier Jahre, die er vor dem Hinscheiden des Agricola mit seiner Gattin abwesend von Rom war, die Verwaltung einer kaiserlichen Provinz als ʽlegatus pro practore' geführt haben dürfte [22]), so spricht auch dieses Zeichen kaiserlicher Gunst gegen Agricola und seine

---

[21]) Dio Cass. LII, 23. Vgl. Urlichs p. 31.
[22]) S. Urlichs, p. 33.

Familie, über welches Tacitus gleichfalls zu schweigen für gut befindet, klar genug gegen den von Tacitus so geflissentlich betonten und durch keine Thatsache bewiesenen Hass des Domitian gegen Agricola.

Dieser Hass soll neue Nahrung gefunden haben, 'als nach der Niederlage so vieler Heere in Mösien, Dacien, Germanien und Pannonien, da man nicht mehr für Grenzwälle und Stromufer, sondern für die Winterlager der Legionen und den Besitzstand zitterte, da Verlust an Verlust sich reihte und jedes Jahr Leichen und Niederlagen kennzeichneten, das Volk laut den Agricola zum Heerführer begehrte, indem alle Welt seine Thatkraft, Festigkeit und Erfahrung mit der Schlaffheit und Furchtsamkeit der anderen verglich. Von diesen Reden sei bekanntlich auch das Ohr des Fürsten empfindlich getroffen worden, indes auch von den Freigelassenen die besseren aus Zuneigung und Ergebenheit, die schlechteren aus Bosheit und Scheelsucht den ohnedies zum Schlimmeren geneigten Fürsten vollends aufstachelten. So sei Agricola durch sein Verdienst und durch die Schuld der anderen jählings — zum Ruhme gedrängt worden.'

Nach diesen Worten, die doch nur auf eine tragische Katastrophe in Agricola's Leben vorbereiten können, müsste man erwarten, dass er in dem Augenblicke, wo er ohne sein Dazuthun, aber in Folge seiner Verdienste durch die Volksgunst auf den Gipfel des Ruhmes emporgehoben wurde, durch den von Neid und Furcht angefachten Hass des Domitian seinen Untergang gefunden habe: aber — es bleibt wieder bei blofsen Worten. Das unglückliche Jahr 87, in welchem Domitian durch die im Kriege gegen die Quaden und Marcomannen erlittene Niederlage gezwungen wurde, mit Decebalus einen für Rom wenig ehrenvollen Frieden abzuschliessen, und das glücklichere Jahr 88, in welchem der kaum ausgebrochene Aufstand des Antonius Saturninus in Germanien ein schnelles Ende fand, beide Jahre giengen vorüber, ohne dass Agricola durch die verhängnisvolle Macht seines Ruhmes dem Kaiser als Heerführer wäre aufgedrungen und so in seiner Sicherheit gefährdet worden. Wäre aber an ihn in diesen Jahren die Aufforderung zur Uebernahme eines Commandos herangetreten, so hätte er sich wol kaum anders benommen als im Jahre 90, wo er, nachdem seit seinem Consulate im Jahre 77 bereits 12 Jahre verflossen waren, auf Grund seiner Anciennetät als Consular sich an der

Losung um die Proconsulate von Asien und Africa hätte betheiligen sollen. Statt von diesem Rechte aber Gebrauch zu machen, fand es Agricola für gerathener, im Hinblick auf die Hinrichtung des Proconsuls von Asien Civica Cerealis und geschreckt obenein 'durch die Rathschläge und selbst Drohungen von Leuten, die mit den Gedanken des Fürsten vertraut waren', diesen um die Erlaubnis zu bitten, auf das Proconsulat verzichten zu dürfen. Und der Kaiser gewährte ihm seine Bitte und nahm seinen Dank gnädig entgegen, 'ohne über die in seiner Gnade liegende Scheelsucht zu erröthen'. Nun, Tacitus' bona fides in Ehren, aber er hätte uns seinen Schwiegervater weniger vorsichtig während seiner ganzen politischen Laufbahn und weniger geneigt zur Verzichtleistung auf gefährliche Ehren schildern und hätte nicht unmittelbar vorher von der 'Warnung' sprechen müssen, welche für Agricola die Hinrichtung des Civica Cerealis gewesen sei [23]), um es irgend wahrscheinlich finden zu können, dass es erst der unverhüllten Drohungen von Domitian's Vertrauten bedurft habe, um den Agricola zur Resignation auf das Proconsulat zu bewegen. Muthete uns Tacitus vorher zu, für Agricola's Schlaffheit als Beamter unter Nero darin eine ausreichende Entschuldigung zu finden, dass in solcher Zeit Trägheit Klugheit gewesen sei, dann wird es wol eben nur der gleichen Klugheit zuzuschreiben sein, wenn Agricola, nachdem er mühelos und gefahrlos erreicht hatte, wonach der Ehrgeiz in jenen Tagen überhaupt verlangen konnte, auf ein weiteres Streben freiwillig verzichtete, um das Erreichte nicht selbst wieder auf's Spiel zu setzen. Ob diese Resignation auf das Proconsulat dem Domitian erwünscht oder gleichgiltig gewesen, braucht weiter nicht in Betracht zu kommen; weshalb ihm aber Tacitus einen Vorwurf daraus macht, dass er dem Agricola nicht das Salar zahlen liefs, das sonst den Proconsuln verabfolgt zu werden pflegte 'und welches er selbst einigen bewilligt hatte', muss billig befremden, da Agricola, der nicht sowol auf eine ihm bereits zugefallene Provinz, sondern auf die Losung selbst verzichtet und diese Verzichtleistung sich als Gnade vom Kaiser erbeten hatte, doch keinerlei begründeten

---

[23]) c. 42: *occiso Civica nuper nec Agricolae consilium deerat, nec Domitiano exemplum.*

Anspruch auf jenes Salar erheben konnte [24]). Wenn aber Tacitus als mögliches Motiv für die Nichtbewilligung des Proconsular-Gehaltes das 'Schuldbewusstsein' des Domitian bezeichnet, 'damit er nicht schiene erkauft zu haben, was er untersagt hatte', so ist nicht recht abzusehen, was darin so besonders tadelns-werthes liegen soll: compromittierend hätte nur die Bewilligung des Salars für Agricola selbst sein können, weil es dann schei-nen konnte, als habe er sich abkaufen lassen, worauf er doch nur unfreiwillig, durch Drohungen gezwungen, verzichtet haben wollte.

Nach Tacitus' Darstellung war es eine Kränkung, die Agricola erfahren hatte, indem er auf das Proconsulat verzich-ten musste: 'es liegt aber in der Menschennatur, den zu hassen, den man gekränkt hat'. Der Leser erwartet nun die Conse-quenzen des so noch gesteigerten Hasses, den Domitian gegen Agricola nährte, zu erfahren, aber 'Domitian's jähzorniger Sinn, der je versteckter, um so unversöhnlicher war, ward durch die Mäfsigung und Klugheit Agricola's gemildert, da er nicht durch Trotz und eitles Brüsten mit Freiheit, mit dem Rufe das Schick-sal herausforderte'. Mit anderen Worten, Agricola bleibt nach wie vor unbehelligt von Domitian's Hass, und wer nur nach Thatsachen urtheilen und nicht in dem Charakter des Domitian eine Nöthigung zu möglichen Schlüssen erblicken mochte, der durfte leicht annehmen, dass die Sonne der kaiserlichen Gnade ungetrübt über Agricola scheine, ja dass dieser seit der beschei-denen Verzichtleistung auf das Proconsulat in der Gunst des Kaisers nur noch gestiegen sei. War es ja doch auch dasselbe Jahr, in welchem, wie wir schon oben bemerkten, Domitian den Tacitus durch Verleihung einer Provinz-Legation auszeichnete, so dass Agricola für seine eigene Bescheidenheit durch die Auszeichnung seines Schwiegersohnes entschädigt wurde.

In glücklichen Verhältnissen verlebt Agricola die letzten vier Jahre vor seinem Tode; auch Tacitus weifs nichts zu be-

---

[24]) Dio Cass. LXXVIII, 22 erwähnt einen Fall, wo Macrinus den be-reits auf der Reise nach der Provinz Asien begriffenen Proconsul Julius Asper zurückberief und ihm zur Entschädigung das Salar im Betrage von 250.000 Drachmen bewilligte. Asper lehnte jedoch diese Summe ab, da er nicht das Geld, sondern die Statthalter-schaft gewollt habe.

richten, worin sich irgendwie der Hass des Domitian gegen seinen Schwiegervater documentiert, oder was diesen von neuem etwa angefacht hätte: um so befremdender muss es sein, wenn Tacitus dem Verdachte Ausdruck gibt, dass Agricola durch Domitian's Gift seinen Tod gefunden habe [25]). Vergebens forschen wir nach einem plausibeln Motiv zu einer solchen Gewaltthat. Hätte den Agricola unmittelbar nach seiner Rückkehr aus Britannien ein plötzlicher Tod hinweggerafft, oder wäre er zu der Zeit gestorben, wo angeblich die öffentliche Stimme ihn laut als Führer für die geschlagenen Heere in Dacien und Germanien verlangte, oder zu der Zeit, wo die Losung um die Consular-Provinzen bevorstand, dann würde es sich begreifen, weshalb man bei dem plötzlichen Tode desselben ein Verbrechen des Fürsten argwöhnen konnte: wenn aber gerade in diesen entscheidenden Zeitpuncten Agricola's Leben unbedroht blieb, wenn Domitian ihn geschont hatte, als wiederholte Anklagen die bequemste Gelegenheit zu seiner Beseitigung boten, und wenn seinerseits Agricola während der ganzen Zeit nach seiner Rückkehr aus Britannien sich der loyalsten Haltung befleifsigt und eben wegen dieser Loyalität (*obsequium ac modestia* c. 42) nicht sowol von dem Kaiser, als von den schroffen Freiheitsfreunden jener Zeit beargwöhnt worden war (der Eifer, mit welchem Tacitus in Cap. 42 das Verhalten seines Schwiegervaters zu rechtfertigen sucht, zeigt dies auf das klarste): was in aller Welt hätte den Domitian bestimmen können, einen solchen völlig unschädlichen Mann, mit dessen Ergebenheit und Freundschaft er sich sogar herausputzen konnte, nach Verlauf von neun Jahren, nachdem die in Britannien gepflückten Lorbeern längst verwelkt waren und Agricola's Auftreten in Rom durchaus nicht an den grofsen Mann gemahnte (Cap. 40), durch Gift zu beseitigen?

Und wie steht es mit den thatsächlichen Beweisen für diese schwere Anklage? Nur ein Gerücht ist es, auf das sich

---

[25]) Absurd und durch die sonstigen Unrichtigkeiten schon genügend charakterisiert ist der Bericht bei Dio Cassius LXVI, 20, der unmöglich direct aus Tacitus geschöpft sein kann: ὁ δὲ Ἀγρικόλας ἔν τε ἀτιμίᾳ τὸ λοιπὸν τοῦ βίου καὶ ἐν ἐνδείᾳ, ἅτε καὶ μείζονα ἢ κατὰ στρατηγὸν καταπράξας, ἔζησεν, καὶ τέλος ἐσφάγη δι' αὐτὰ ταῦτα ὑπὸ Δομιτιανοῦ, καίπερ τὰς ἐπινικίους τιμὰς παρὰ τοῦ Τίτου λαβών.

Tacitus wieder stützt; die Familie selbst ʻwusste nichts sicheres'. Allerdings waren Tacitus und dessen Frau, die Tochter Agricola's, zu jener Zeit nicht in Rom; aber bei Agricola befand sich ja dessen Gattin, befanden sich Freunde und Diener: diese alle sollten nichts auszusagen gewusst haben, und nur auf der Strasse hätte man von einem Verbrechen des Domitian geflüstert? Im Gegentheil lagen Umstände vor, die den Kaiser entlasten mussten. Er hatte während Agricola's Krankheit die gröfste Theilnahme bewiesen und ʻhäufiger als sonst Fürsten pflegen', die vertrautesten seiner Aerzte und Freigelassenen an das Lager des Kranken gesendet, um über sein Befinden Nachrichten einzuziehen. Als der Zustand desselben sich verschlimmerte und der Tod in Aussicht war, da mussten Eilboten den Kaiser über den Verlauf der Krankheit ununterbrochen in Kenntnis erhalten, und als endlich die Botschaft von Agricola's Tode eintraf, bekundete Domitian in Miene und Stimmung (*animo vultuque*) seinen Schmerz. Die Nachricht, dass ihn Agricola in seinem Testamente neben Gattin und Tochter zum Erben eingesetzt habe, erregte Domitian's Freude, indem er darin eine ehrende Anerkennung (*honos iudiciumque*) erblickte. Auf eine solche ehrende Anerkennung, welche Agricola noch in seinen letzten Gesprächen auf dem Sterbebette dem Fürsten hatte zu Theil werden lassen, scheinen wol auch die etwas geschraubten Worte in Cap. 45 gedeutet werden zu müssen: ʻAgricola habe, wie die, welche seinen letzten Gesprächen beiwohnten, versichern, sich muthig und willig in sein Schicksal ergeben, gleich als ob er für seinen Theil dem Fürsten Schuldlosigkeit gewähren wollte.'

Unbefangen betrachtet müssten alle diese Züge dafür sprechen, dass sich Agricola bis zu seinem Ende der besonderen Antheilnahme und Auszeichnung von Seiten des Kaisers zu erfreuen hatte und dass er sich für die ihm zu Theil gewordene Gunst dadurch dankbar erwies, dass er den Domitian zum Miterben einsetzte. Aber Tacitus weifs mit Advocatenkunst aus diesen Daten die entgegengesetzten Folgerungen zu ziehen. Da allzu grofse Theilnahme, wie er meint, nicht Fürstenart sei, so zweifelt er, ob er die eifrigen Nachfragen Domitian's um Agricola's Befinden als Antheilnahme oder als Nachspürerei bezeichnen solle; die Aufstellung von Eilboten während der letzten Stunden des Agricola gilt ihm als Beweis, wie Domitian es kaum habe erwarten können, die frohe Kunde von dem Ableben des verhassten Mannes zu erhalten, 'da niemand glauben konnte, dass man eine Nachricht, die schmerzlich wäre, so beschleunigen würde'. Die Trauer des Kaisers ist ihm natürlich nur Maske, 'da er sich leichter darauf verstand, seine Freude als seine Furcht zu verbergen'. Zur Entkräftigung endlich des für Agricola's Verhältnis zu Domitian und für seinen Charakter so compromittierenden Umstandes, dass er den Kaiser zum Miterben ernannt hatte, findet Tacitus das geflügelte Wort, dass 'von einem guten Vater nur ein schlechter Fürst zum Erben eingesetzt werde'.

Genug, wir sehen, dass Tacitus alles aufbietet, um dem Gerüchte über Agricola's gewaltsamen Tod Glaubwürdigkeit zu verleihen und die Annahme freundschaftlicher Beziehungen zwischen seinem Schwiegervater und dem Fürsten zu widerlegen: eine Gewaltthat musste endlich an Agricola verübt worden sein, wenn die Mit- und Nachwelt an den Hass glauben sollte, den Domitian's verstecktes Gemüth gegen denselben genährt habe.

Aus den Schlusscapiteln heben wir nur noch hervor, dass Agricola's Tod von Tacitus in sofern als zu früh beklagt wird, als es ihm nicht vergönnt wurde, 'das Licht dieser glückseligsten Zeit zu erleben und Trajan als Herrscher zu sehen, was er als Wunsch und Prophezeiung seinen (des Tacitus) Ohren anvertraut habe'; dagegen sei es 'ein Trost, dass Agricola durch seinen frühzeitigen Tod jener letzten Zeit von Domitian's Regierung entgangen sei, wo dieser nicht mehr dann und wann mit Unterbrechungen, sondern ununterbrochen und gleichsam mit einem Streiche den Staat zu Grunde richtete' (Cap. 44). Diese letzten Jahre Domitian's nach Agricola's Tode werden dann in Cap. 45 in grellen Zügen geschildert. Den Schluss bildet eine Apotheose des Agricola. Der Beweis ist geführt, dass Agricola durch Tugenden und Thaten als leuchtendes Vorbild dastehe: um einen solchen Mann ziemt nicht gewöhnliche Trauer: bewundern und preisen müsse man ihn, und wenn die Kraft ausreiche, ihm nacheifern.

Aus dieser Darlegung des Inhaltes der 'Vita Agricolae' dürfte sich wol ergeben haben, dass Tacitus sich in derselben als Advocat erweist, der mit kluger Berechnung was im Leben seines Clienten zum Lobe geeignetes sich findet, ausbeutet und erweitert, das minder rühmliche dagegen mit Stillschweigen übergeht oder es entschuldigt und beschönigt.

Nur auf militärischem Gebiete liefsen sich wirkliche Verdienste des Agricola aufweisen, und wie wir sahen, hat Tacitus denn auch zur Genüge diese Seite hervorgehoben; insbesondere wird der Schlacht am Berge Graupius eine Bedeutung beigemessen, als ob Calgacus ein anderer Vercingetorix und Agricola ein anderer Cäsar gewesen wäre.

Minder günstig gestaltete sich die Aufgabe für den Lobredner des Agricola hinsichtlich seines Verhaltens in den verschiedenen Civilämtern. Wenn selbst Tacitus es nicht verschweigen kann, dass Agricola Quästur, Tribunat und Prätur und ebenso die zwischen diesen Aemtern liegenden Jahre in Unthätigkeit zugebracht habe, so dürfte das Urtheil anderer wol minder glimpflich gelautet haben. Freilich entschuldigt Tacitus diese Unthätigkeit mit dem Hinweise auf die Zeiten unter Nero, in denen Nichtsthun eben Klugheit gewesen sei; allein abgesehen davon, dass es mehr als fraglich ist, ob die Zeiten unter Domitian, in welche ja doch der Glanzpunct von Agricola's Leben fällt, besser und für die Bewährung politischer Tüchtigkeit und Thatkraft geeigneter gewesen seien: nicht immer hat Tacitus die 'Furcht vor den Zeiten' als Entschuldigung für Trägheit und Energielosigkeit gelten lassen [26]), und selbst in Nero's Zeit macht Tacitus dem Faenius Rufus die 'träge Unbescholtenheit' (*segnis innocentia*, An. XIV, 51) zum Vorwurfe.

Immerhin mochte Agricola als Mensch für sich das Horazische '*integer vitae scelerisque purus*' in Anspruch nehmen dürfen, als öffentlicher Charakter aber musste auf ihn, der nie im Amte, nie im Senate mit freiem Worte, mit mannhafter That die Sache eines Bedrängten verfochten, Mafsregeln des Despotismus bekämpft, vielmehr jeden Conflict, durch den er seine Sicherheit oder seine Carrière hätte compromittieren können, ängstlich gemieden hatte, das Wort passen, das Tacitus für Galba hat: '*medium ingenium, magis extra vitia quam cum virtutibus*' (Hist. 1, 49).

---

[26]) Von Galba sagt Tacitus Hist. I, 49: *claritas natalium et metus temporum obtentui, ut quod segnitia erat, sapientia vocaretur.*

Politische Gesinnung, in sofern sie sich in Parteistellung geoffenbart hätte, vermisst man bei Agricola gänzlich. Nicht daraus soll ihm ein Vorwurf gemacht werden, dass er, obwol in seiner Jugend ein Zögling der Philosophen, nicht den unversöhnlichen, in der Schule der Stoa grofsgezogenen Republikanern sich beigesellen und unmöglichen Idealen nachjagen mochte: aber in Rom wechseln die Herrscher und fast jedem dient Agricola und jeden verlässt er wieder, wenn das Glück ihn verlässt. Auf jeden Fall bekundet er völligen Indifferentismus gegenüber der Person des jedesmaligen Herrschers von Rom, und wenn wir auch gern glauben, dass ihm ein guter Regent willkommener war als ein schlechter, so huldigte er dabei doch eben nur dem Grundsatze, mit dem der berüchtigte Eprius Marcellus seine Vergangenheit zu bemänteln suchte: ʿ*ulteriora mirari, praesentia sequi; bonos imperatores voto expetere, qualescumque tolerare*ʾ.

Wir haben oben gesehen, wie geschickt Tacitus über die Perioden in Agricolaʾs Leben hinwegzugleiten weifs, wo demselben politische Fahnenflüchtigkeit und wol auch persönlicher Undank vorgeworfen werden konnte. Gegen den Vorwurf willfähriger Unterordnung unter jedes wie immer geartete Regiment mochte Tacitus seinen Schwiegervater natürlich nicht mit einem Worte vertheidigen, wie es der cynische Marcellus bereit hatte: ʿ*se unum esse ex illo senatu, qui simul servierit*ʾ; vielmehr sucht er den Vorwurf des Servilismus durch den Hinweis zu entkräften, dass ʿGehorsam und Selbstbeschränkung gepaart mit rüstiger Thätigkeit sich zu derjenigen Höhe des Verdienstes erhebe, die manche in schroffem Gebahren anstrebten, indem sie ohne Nutzen für den Staat vom Ehrgeize getrieben im Tode Ruhm suchtenʾ (Ag. c. 42). Aber jene ʿrüstige Thätigkeitʾ hat Agricola eben nur bei der Verwaltung Britanniens entwickelt; immer also müssen die hier erworbenen Verdienste zur Beschönigung der ganzen thatenlosen, schlaffen Vergangenheit herhalten, und man konnte gar wol meinen, dass die Geschmeidigkeit, mit der sich Agricola in die verschiedenen Zeiten schickte, ihm nicht sowol eine für das allgemeine erspriefsliche Thätigkeit ermöglichen, als seine Carrière sichern sollte.

Solche Vorwürfe dürften jedoch im ganzen für das damalige römische Publicum nicht allzu schwer gewogen haben, da sie eine Sittenstrenge bedingten, der die Zeit nicht mehr gewachsen war [27]); um so schwerer musste dagegen nach Domitian's Ermordung der Vorwurf in's Gewicht fallen, dass auch Agricola zu den Freunden und Günstlingen dieses Kaisers gehört habe. Wir haben gesehen, wie der äufsere Anschein durchaus für diese Annahme sprechen musste. Agricola hatte noch unter Domitian vier oder fünf Jahre Britannien verwaltet und war von demselben mit den Triumphal-Insignien ausgezeichnet worden; nach Rom zurückgekehrt, hatte er unangefochten auf seinen britannischen Lorbeern ausruhen dürfen; mit kaiserlicher Erlaubnis hätte er zwar auf das Proconsulat verzichtet, dafür aber durch Beförderung seines Schwiegersohnes Beweise der Gunst des Kaisers erhalten; in seinem Testament endlich hatte er den Domitian zum Miterben eingesetzt und noch durch seine letzten Reden auf dem Todtenbette den Verdacht widerlegt, als ob dem Kaiser eine Schuld an seinem Tode beigemessen werden könnte. Eprius Marcellus hatte sich gegen den Vorwurf, ein Günstling Nero's gewesen zu sein, damit vertheidigt, 'dass eine solche Freundschaft für ihn nicht minder qualvoll gewesen sei als für andere die Verbannung' (Hist. IV, 8): Tacitus zog es vor nachzuweisen, dass die vermeintliche Freundschaft des Domitian gegen Agricola nur Heuchelei gewesen, dass hinter derselben ein unversöhnlicher, tödtlich endender Hass gelauert habe, und dass seinerseits Agricola nur aus Furcht für seine und seiner Familie Sicherheit sich herbeigelassen habe, sowol auf das Proconsulat zu verzichten, wie auch den Kaiser zum Miterben einzusetzen und demselben noch auf seinem Sterbebette ein Zeugnis seiner Schuldlosigkeit zu geben. Nach beiden Seiten hin hat jedoch die Beweisführung des Tacitus wenig überzeugendes; vielmehr drängt die Absichtlichkeit, mit der er, ohne eigentliche Belege vorbringen zu können, immer und immer wieder von dem Hasse des Domitian spricht, und andererseits den Beweisen von Agricola's Ergebenheit gegen den Kaiser eine andere Deutung zu geben bemüht ist, unzweifelhaft zu der Annahme, dass er durch seine Darstellung einer von dem allgemeinen Urtheile abweichenden Ansicht über das Verhältnis seines Schwiegervaters zu dem Fürsten Geltung verschaffen will.

---

[27]) Hist. I, 18: *nocuit antiquus rigor et nimia severitas, cui iam pares non sumus.*

Um den Beweis aber zu vervollständigen, dass den Agricola wegen seiner scheinbar freundschaftlichen Beziehungen zu Domitian in keinem Falle ein Vorwurf treffen könne, betont Tacitus mit nicht zu verkennender Absichtlichkeit, dass Agricola gestorben sei, ehe Domitian's Regierung zu jener greuelvollen Tyrannei ausartete, die den Staat selbst zu vernichten drohte. Daraus soll sich eben stillschweigend der Schluss ergeben, dass derjenige, der in den ersten dreizehn Jahren der Regierung dieses Kaisers eine hervorragende Stellung eingenommen und die wirkliche oder scheinbare Gunst desselben genossen habe, darum noch nicht als ein Werkzeug schnöder Tyrannei zu verurtheilen sei.

Wenn sonach klar sein dürfte, dass die 'Vita Agricolae' auf eine Ehrenrettung des Agricola abzielt, so dürfte es sich auch begreifen, warum Tacitus in den Tagen des Nerva und Trajan, wo nicht nur an den Delatoren und Creaturen Domitian's Vergeltung geübt wurde[28]), sondern wo in begreiflicher Consequenz des überstandenen Druckes die öffentliche Meinung sich mit ihrer Verurtheilung gegen alle kehrte, die unter dem gestürzten Regime eine hervorragende Stellung eingenommen und nach dem Urtheile der Menge der Gunst desselben sich erfreut hatten, es dürfte sich begreifen, warum Tacitus im Eingange seiner Schrift um Nachsicht bittet und beifügt, 'dass er eine solche Bitte nicht nöthig gehabt hätte, wenn er so düstere und der Tugend feindliche Zeiten — wie die unter Domitian — anklagen wollte' [29]). Wenn es nach seiner Dar-

---

[28]) Dio Cass. LXVIII, 1. Plin. Ep. IX, 13.

[29]) Ag. 1: '*At nunc narraturo mihi vitam defuncti hominis venia opus fuit, quam non petissem incusaturus tam saeva et infesta virtutibus tempora.*' Die oben gegebene Darstellung macht es überflüssig, ein Wort über alle die Conjecturen zu verlieren, mit denen diese Stelle heimgesucht worden ist. Nur hinsichtlich der von Wex aufgenommenen Interpunction, wonach '*Tam saeva — tempora*' als selbständiger Satz und Ausruf genommen werden soll, bemerken wir, dass diese Satzanordnung bereits von Haase in den 'Verhandlungen der Philologen-Versammlung zu Wien' (1858) S. 21 wegen des sprachwidrigen *tam* statt *adeo* zurückgewiesen worden ist. Auch Hübner a. a. O. S. 445, Anm. 1 spricht sich gegen die Interpunction von Wex aus, nur können wir seiner Ansicht, dass dieselbe, in sofern sie 'auch nur auf einen Moment die Möglichkeit einer Anklage des Agricola von Seiten des Tacitus supponire, an sich ein Unding sei', kein Gewicht beimessen.

stellung 'der Fehler aller Staaten, ob grofs ob klein, ist, dass sie für sittlichen Werth kein Verständnis, nur Mifsgunst haben', und wenn 'Tugenden nur in den Zeiten am besten gewürdigt werden, wo sie auch am leichtesten gedeihen' (Cap. 1), dann konnte er für seinen Versuch, das Bild des Agricola als eine Lichtgestalt auf dem düsteren Hintergrunde der Zeiten Domitian's zu entwerfen, um so weniger auf eine sympathische Aufnahme bei dem grofsen Publicum rechnen, als er dabei nicht blofs gegen Indifferenz und Mifsgunst, sondern gegen die herrschende Stimmung des Tages selbst anzukämpfen hatte, indem diese den Mann, für den er Lob und Bewunderung in Anspruch nehmen wollte, zugleich mit der Zeit, für die derselbe eine Stütze gewesen war, verurtheilte. Dass Tacitus über diese eigentliche Schwierigkeit lieber schweigt, oder sie doch nur mit halben Worten dadurch andeutet, dass er bemerkt, er würde als Ankläger jener Zeiten eine Bitte um Nachsicht nicht nöthig gehabt haben, kann nicht eben befremden: für einen Anwalt wäre es wenig klug zu bekennen, dass ihm bei der Führung der Sache seines Clienten nicht blofs die '*ignorantia recti et invidia*', sondern die öffentliche Meinung überhaupt entgegenstehe.

Ist der 'Agricola' eine Vertheidigungsschrift, so begreift sich weiter auch die für eine Biographie so befremdende Art der Darstellung von Agricola's Leben. Der Verfasser gibt nicht ein detailliertes und zusammenhängendes Bild von dem ganzen Verlaufe des Lebens seines Helden, sondern mit Ausnahme der Jahre der Verwaltung Britanniens, die einer eingehenderen Darstellung zu bedürfen schienen, theils weil sie die Glanzperiode in Agricola's Leben bildeten und dem Vertheidiger und Lobredner desselben den einzig ergiebigen Stoff boten, theils auch weil die Ereignisse in dem entfernten Britannien, die Natur des Landes und seiner Bevölkerung dem römischen Publicum nicht hinlänglich bekannt sein konnten, um die Verdienste Agricola's nach dem Sinne und Wunsche des Verfassers zu schätzen, deutet Tacitus die übrigen Hauptmomente in Agricola's Leben nur mit kurzen Worten an, nicht um die Leser mit denselben bekannt zu machen, sondern um ihr Urtheil in der ihm angemessen dünkenden Richtung zu bestimmen.

Noch bleibt die Frage zu erörtern übrig, welches besondere Motiv Tacitus zu dieser Ehrenrettung des Agricola gehabt habe. Ohne irgendwie in Abrede stellen zu wollen, dass er schon durch die Pietät gegen das Andenken seines Schwiegervaters zur Abfassung dieser Schrift gedrängt sein konnte, so liegt es doch anderseits auf der Hand, dass bei der Ehrenrettung des Agricola sein eigenstes Interesse mit im Spiel sein musste. Dass er selbst den bedeutenderen Theil seiner politischen Carrière dem Domitian verdankte, vermochte er nicht in Abrede zu stellen, so gern er es wol auch später gewollt hätte [30]). Unter diesem Kaiser hatte er die Aedilität oder das Tribunat bekleidet, war in das Priester-Collegium der Fünfzehner aufgenommen, in dem durch die Säcularspiele besonders glänzenden Jahre 88 durch die Prätur und Betheiligung an der Leitung der Spiele ausgezeichnet worden und hatte dann vom Jahre 90 ab ohne Zweifel in der Eigenschaft eines Legaten die Verwaltung einer prätorischen Provinz durch mindestens vier Jahre geführt, und diese Carrière durfte mit gutem Grunde auf Rechnung der Gunst geschrieben werden, deren sich sein Schwiegervater bei dem Kaiser zu erfreuen hatte. Ob diese Gunst von Seiten Domitian's eine aufrichtige oder geheuchelte war, dies zu unterscheiden durfte dem grofsen Publicum um so weniger zugemuthet werden, als der vorsichtige Agricola im Interesse seiner Sicherheit sich wol gehütet haben dürfte, einen Zweifel über die kaiserliche Gesinnung durchblicken zu lassen. Genug, der Vorwurf, der dem Agricola gemacht werden konnte, ein Günstling Domitian's gewesen zu sein, musste mittelbar auch den Tacitus treffen, und es leuchtet ein, wie dieser sich angesichts der veränderten Zeitlage unter Nerva und Trajan in der Nothwendigkeit befinden musste, durch Beleuchtung, insbesondere des Verhältnisses seines Schwiegervaters zu Domitian, sowie durch Entwickelung der Maximen, von denen sich Agricola in seiner staatsmännischen Laufbahn hatte leiten lassen, mittelbar seine eigene Rechtfertigung zu führen. Seine eigene Ehre und wol auch seine weitere politische Carrière waren dabei interessiert, an Agricola's Beispiel nachzuweisen, 'dass es

---

[30]) Hist. I, 1: *mihi Galba, Otho, Vitellius nec beneficio nec iniuria cogniti; dignitatem nostram a Vespasiano inchoatam, a Tito auctam, a Domitiano longius provectam non abnuerim.*

auch unter schlechten Fürsten grofse Männer geben könne' und dass nicht derjenige um den Staat sich verdient mache, der von Ruhmsucht getrieben durch nutzlose Auflehnung sich den Untergang bereite, sondern wer durch kluge Mäfsigung und Selbstbeschränkung sich die Möglichkeit wahre, dem Allgemeinen zu nützen (Cap. 42).

Tacitus geht aber noch um einen Schritt weiter; er begnügt sich nicht damit, das Verhalten Agricola's und so denn auch sein eigenes unter Domitian zu rechtfertigen, sondern er sucht auch den Agricola und mittelbar sich dem neuen Herrscher Trajan näher zu stellen: 'seinem Ohre habe es ja Agricola anvertraut, wie er den Trajan als Herrscher wünsche und weissage' (Cap. 44). Ob Tacitus bei dem römischen Publicum und insbesondere bei Trajan Glauben für eine so wunderbare Weissagung gefunden haben mag, die Agricola mindestens vier Jahre vor seinem Tode und acht Jahre vor dem Eintritt des Ereignisses selbst gethan haben soll, und für die Tacitus eben nur sich als Zeuge nennen kann [31], können wir nicht beurtheilen; auf uns jedoch kann diese Weissagung nur den Eindruck einer Prophezeiung ex eventu machen und muss von um so zweifelhafterem Geschmacke erscheinen, als sie einer bei den Haaren herbeigezogenen Schmeichelei gegen den neuen Herrscher nur allzu ähnlich sieht und eben nur auf die Gunst desselben berechnet sein kann. Eben darauf zielt auch die wiederholte Betonung, dass mit Nerva und Trajan das '*beatissimum saeculum*' für Rom angebrochen sei (Cap. 3 u. 44), und das schwülstige '*auget quotidie felicitatem temporum Nerva Traianus*' (Cap. 3).

Der 'Agricola' ist somit offenbar in erster Reihe an die Adresse des Trajan gerichtet; er kann daher auch nur zu Anfang der selbständigen Regierung desselben abgefasst sein.

Bekanntlich dreht sich die Frage über die Abfassungszeit um die Stelle Cap. 3: '*quamquam primo statim beatissimi seculi ortu Nerva Caesar res olim dissociabiles misceuerit, principatum ac libertatem, augeatque quotidie felicitatem temporum Nerva Traianus*' c. q. s. Dass diese Worte in der Zwischenzeit zwischen Trajan's Adoption (October oder Anfang Novem-

---

[31] Das absichtlich zweideutige '*apud nostras aures*' lässt freilich auch die Auffassung zu, als ob Agricola im Kreise seiner Familie jenen ahnungsvollen Wunsch ausgesprochen habe.

ber 97) und dem Tode Nerva's (27. Januar 98) geschrieben sein müssten, wie dies seit Brotier meist angenommen worden ist, weil Nerva 'Caesar' und nicht vielmehr wegen der bald nach seinem Tode erfolgten Consecration 'divus' genannt werde, hat wenig überzeugendes. Man nehme 'Caesar' nicht schlechthin als Cognomen, sondern prädicativ, als die nothwendige Eigenschafts- und Zeitbeschränkung für das von Nerva ausgesagte 'res olim dissociabiles miscuit', und die Nöthigung, Nerva noch als damals lebend zu betrachten, entfällt. Dagegen ist mit der Annahme, dass jene Stelle noch vor Nerva's Tode geschrieben sei, schon das von Trajan daselbst gesagte 'auget quotidie felicitatem temporum' unvereinbar. Diese Worte setzen nothwendig Regierungshandlungen des Trajan voraus, und da letzterer während der drei oder vier Monate nach seiner Adoption bis zum Tode Nerva's nach wie vor bei dem Heere am Rhein verblieb und als seine erste Regierungshandlung nur das Schreiben an den Senat gelten kann, in welchem er als factischer Regent nach Nerva's Tode die feierliche Zusicherung ertheilte, 'dass kein Guter von ihm an Leib oder Ehre gestraft werden solle' [32]), so musste mindestens diese kaiserliche Botschaft bereits vorliegen, damit Tacitus mit einigem Rechte von dem 'durch Trajan mit jedem Tage gesteigerten Glück der Zeiten' sprechen konnte. Schwerlich wird man doch als Beweis für die *aucta felicitas temporum* durch Trajan, bevor er allein die Regierung übernahm, die Niedermetzelung der unter einem Vorwande an den Rhein entbotenen aufrührerischen Prätorianer und ihres Präfecten Aelian betrachten wollen. Weiter muss aber auch die Stelle Cap. 44, wo Tacitus beklagt, dass es dem Agricola nicht vergönnt gewesen sei 'durare in hanc beatissimi seculi lucem ac principem Traianum videre', als Beweis golten, dass Nerva zu dieser Zeit bereits todt war, da es ein arger

---

[32]) Dio Cass. LXVIII, 5. Wex meint freilich, dass Trajan dieses Schreiben bald nach seiner Adoption an den Senat gesendet habe; allein abgesehen davon, dass ein Schreiben solchen Inhaltes dann gemeinschaftlich von Nerva und Trajan hätte ausgehen müssen, heifst es in der Stelle des Dio Cassius ausdrücklich, dass Trajan jene Botschaft an den Senat erlassen habe ὡς αὐτοκράτωρ ἐγένετο. Wer aber über den Sinn von αὐτοκράτωρ noch zweifelhaft sein sollte, vergleiche ebd. c. 3: οὕτω μὲν (durch die Adoption) ὁ Τραϊανὸς Καῖσαρ καὶ μετὰ τοῦτο αὐτοκράτωρ ἐγένετο.

Verstoss gewesen wäre, hier den eigentlichen Fürsten zu übergehen und nur den adoptierten, zur Zeit noch von Rom abwe-
senden Mitregenten zu erwähnen. Im Grunde wird aber auch
schon in der Stelle Cap. 3 der beiden Fürsten in einer Art gedacht,
dass aus dem Nachdrucke, der auf das beglückende Regiment
des Trajan gegenüber der am Eingange dieser glücklichen Zeit
liegenden, vorbereitenden und bereits zum Abschlusse gediehe-
nen Thätigkeit des Nerva (*quamquam primo statim beatissimi seculi ortu res olim dissociabiles miscuerit cett.*) ge-
legt wird, die Folgerung sich ergibt, dass Trajan zu der Zeit,
wo diese Worte geschrieben wurden, bereits Alleinregent war.

Tacitus wurde im Jahre 97 nach dem Tode des Verginius
Rufus an dessen Stelle Consul suffectus. Dieses Amt, in welchem
er College des Nerva war, bürgt für seine guten Beziehungen
zu diesem Fürsten: ob er sich aber auch der Gunst des Trajan
zu erfreuen hatte, muss fraglich erscheinen. Bekanntlich ver-
schwindet Tacitus mit dem Jahre 100, in welchem er zusammen
mit seinem Freunde Plinius im Auftrage des Senates gegen
den gewesenen Proconsul von Africa Marius Priscus eine Re-
petundenklage durchführte, aus dem öffentlichen Leben. Dass er
sich nur seiner historischen Arbeiten wegen zurückgezogen haben
sollte, während er noch im kräftigsten Mannesalter stand und
ehe er noch die letzte Auszeichnung, auf die er Anspruch machen
durfte, die Verwaltung einer consularischen Provinz erlangt
hatte, ist von ihm, der nicht nur die staatsmännische Laufbahn
des Agricola als Vorbild vor Augen hatte, sondern der es auch
an anderen tadelte, wenn sie sich durch Liebe zu behaglicher
Mufse dem öffentlichen Leben und einer gemeinnützigen Thätigkeit abwendig machen liefsen, wenig wahrscheinlich. Beachten wir nun, dass Plinius, der um wenige Jahre jünger als
Tacitus in ziemlich gleichem Abstande von diesem die einzelnen
öffentlichen Aemter bekleidet hatte, im Jahre 100 das Consulat
und zwei Jahre später (10 Jahre nach seiner Prätur) als *Le-
gatus Augusti pro praetore* mit Consulargewalt die Verwaltung
von Bithynien und Pontus erhielt, so hätte Tacitus, der im
Jahre 97 Consul war, bereits im Jahre 99 oder 100, nachdem
seit seiner Prätur (im J. 88) mehr als zehn Jahre verflossen
waren, die Statthalterschaft einer kaiserlichen Provinz mit con-
sularischem Range erhalten sollen. Dass dies nicht geschah,
muss offenbar als eine Zurücksetzung des Tacitus erscheinen,

und sie dürfte von diesem um so schwerer empfunden worden
sein, als er sich bei der Veröffentlichung seiner Studie über
Deutschland bald nach seinem Consulate im Jahre 98 wol Hoff-
nung gemacht haben mochte, eine der beiden germanischen Provinzen zu erhalten. Es mochte ein stolzer Traum gewesen sein,
dem Tacitus sich hingegeben hatte, für Germanien zu werden,
was Agricola für Britannien geworden, und diesen Traum muss
Trajan zerstört haben, indem er den Tacitus bei der Besetzung
der Provinzen übergieng. Daher wol der Rücktritt des Tacitus
aus dem öffentlichen Leben zu einer Zeit, wo er kaum mehr
als 46 Jahre zählte.

Die beabsichtigte *captatio benevolentiae* des Trajan muss
also dem Tacitus nicht geglückt sein und dass der 'Agricola'
auch bei dem grofsen Publicum nur eine kühle Aufnahme gefunden haben mag, - dafür bürgt das gänzliche Stillschweigen
der alten Autoren über diese Schrift und beinahe auch über
ihren Helden.